Guardas de Eve Bannister, de 9 años de edad.
Damos las gracias a la escuela primaria
St Ebbes, de Oxford, por ayudarnos en las guardas.

A mi hijo Peter – R. T.
A Matina y Joanna – K. P.

SANJI Y EL PANADERO

«Esta traducción de Sanji y el panadero, que se publicó originalmente en inglés en 1993,
se ha publicado de acuerdo con Oxford University Press»
*«This translation of Sanji and the baker originally published in English in 1993
is published by arrangement with Oxford University Press»*

Title: Sanji and the baker

Text © Robin Tzannes, 1993

Illustrations © Korky Paul, 1993

© 2008 EDITORIAL OCÉANO, S.L.
Milanesat, 21-23
EDIFICIO OCEANO
08017 Barcelona (España)
Tel. 93 280 20 20
www.oceano.com
ISBN: 978-84-494-3694-9

© 2008 EDITORIAL OCÉANO DE MÉXICO, S.A. DE C.V.
Blvd. Manuel Ávila Camacho 76, 10º piso
Col. Lomas de Chapultepec, Del. Miguel Hidalgo,
Código Postal 11000, México, D.F.
Tel. (55) 9178 5100
www.oceano.com.mx
ISBN: 978-970-777-395-0

Un libro ilustrado por Korky Paul

Sanji y el panadero

Escrito por Robin Tzannes

OCEANO travesía

Cuando Sanji era jovencito,
viajó muchísimo. Navegó
por mares tempestuosos.

FRATSIA

Atravesó desiertos abrasadores e interminables.

Y un día llegó a la legendaria ciudad de Fratsia,
un lugar de deslumbrante belleza, donde los
mercaderes comerciaban con especias,
gemas y sedas de colores.

Sanji decidió quedarse allí
algún tiempo.

Encontró un alojamiento que le
resultaba perfecto. Era pequeño
y sencillo, pero muy acogedor.

Y lo mejor de todo, estaba
justo encima de la panadería.

Por la mañana Sanji se despertaba
con un delicioso aroma que le
llegaba de la panadería.

Pan crujiente y calentito, recién salido del horno.
Panecillos calientes y dulces rellenos de mermelada.
Crujientes pastelitos recubiertos de semillas de sésamo.

Sanji salió al balcón e inspiró
profundamente. Olió y saboreó aquel
aroma celestial. Mmmh... pastelitos
de canela recién hechos.
Tenía que probar uno.

Sanji compró el pastelito de canela más
chiquitín de la panadería.

—Estaba en el balcón disfrutando de los
maravillosos efluvios que me llegan de su
horno —explicó al panadero.

—¿Ah, sí, no me diga? —gruñó el
panadero. Y se quedó mirando a Sanji,
casi cerrando los ojos.

Aquel anochecer, estando
Sanji en casa, salió al balcón
para respirar los deliciosos
olores que le llegaban
de la panadería.

Dulces pastelitos de coco y naranja, panecitos de dátiles y tortas de nueces.

Sanji se quedó allá oliendo los
aromas con placer. No vio al
panadero, que le espiaba.

Y esto se repitió durante
muchos días.

De pronto, una noche el panadero
llamó enojado a la puerta de Sanji.
—¡Ladrón! —gritó—.
¡Me roba mis aromas!

Sanji estaba perplejo.
—¿De qué habla? —preguntó,
abriendo la puerta.

—¡No crea que no lo he visto,
allá en el balcón, oliendo y
saboreando mis aromas! —gritó
el panadero—. Huele usted
mi pan cada mañana. ¡Huele
mis pasteles cada tarde!
¡Debe pagar por estos olores!
—¡Qué tontería! —dijo
Sanji—. Esos olores llegan
hasta aquí solos. ¡Yo no le
he robado nada!

El panadero enseñó el puño a Sanji.
—¡De manera que se niega usted a
pagar! Pues le llevaré a los
tribunales. ¡El juez decidirá
si usted me tiene
que pagar!

Por tanto, fueron a los tribunales.
El panadero explicó el problema y el juez
escuchó atentamente. A continuación
preguntó a Sanji:
—¿Le gustan esos olores?
—Sí, señoría —contestó Sanji.
—¿Y ha pagado alguna vez por ellos?
—No, señoría, no lo he hecho.
El juez pensó mucho rato.

Y al final dijo:
—Vuelvan los dos al juzgado mañana
a las nueve de la mañana.
Sanji, usted traiga cinco
monedas de plata.

Sanji se sentía desgraciado.
No tenía cinco monedas
de plata.

Se las tendrían que prestar sus amigos. ¿Y cómo las devolvería?

Al día siguiente, a las nueve
de la mañana, el juez entró en la
sala del tribunal.
Sanji esperaba en silencio y cabizbajo.
El panadero también estaba allí,
sonriendo y frotándose las manos
con avaricia.
El juez habló primero a Sanji:
—¿Ha traído usted las monedas
de plata?
—Sí, señoría —respondió
en un susurro.

El juez tomó una enorme sopera de cobre y se la colocó delante. Entonces pidió a Sanji que echara las monedas, de una en una, dentro de la sopera.

Y le dijo al panadero:
—Ahora escuche con atención...

DONG-DONG

TIN-TIN

PIC-PIC

TAÑ-TAÑ

CHAS-CHAS

La primera moneda resonó dentro de la sopera.

La segunda moneda tintineó.

La tercera moneda repiqueteó.

La cuarta moneda restañó.

Y la quinta moneda chasqueó sobre el montón.

El juez se volvió hacia el panadero.

—¿Ha oído esas monedas tintineando
y repiqueteando?

—Sí, señoría —respondió el panadero, mirando
con codicia la sopera de las monedas.

—¿Y le ha gustado el sonido cuando resonaban
y restañaban? —preguntó el juez.

—¡Oh, claro que sí! ¡Me ha encantado!
—gritó el panadero.

—Muy bien —dijo el juez—. Porque ése ha sido su pago.

—Y, usted, Sanji —prosiguió—, puede recuperar sus cinco monedas de plata.
—Gracias, señoría.